친구

·

윤사순 제6시집

친 구

펴 낸 날   2024년 04월 09일

지 은 이   윤사순
펴 낸 이   이기성
기획편집   서해주, 윤가영, 이지희
표지디자인   서해주
책임마케팅   강보현, 김성욱
펴 낸 곳   도서출판 생각나눔
출판등록   제 2018-000288호
주   소   경기도 고양시 덕양구 청초로 66, 덕은리버워크 B동 1708호, 1709호
전   화   02-325-5100
팩   스   02-325-5101
홈페이지   www. 생각나눔.kr
이 메 일   bookmain@think-book.com

• 책값은 표지 뒷면에 표기되어 있습니다.
 ISBN 979-11-7048-684-8 (03810)

윤사순 제6시집

친구

생각나눔

80을 넘긴 나이로 손댄 시 쓰기다. 시에 대해 깜깜인 채로 붓을 든 일은 "모르면 용감하다."라는 속언처럼 한 짓이었다.

그러길 벌써 칠 년을 넘겼다. 한 줄기 감흥과 함께 만나는 시어들의 '아름다움'은 무엇에도 견주기 어려운 축복이라는 감만은 잡았다.

이십 대 중반부터 '글쟁이' 소리를 들어온 처지. 글쟁이에게 시 쓰기는 늘 해오던 '글 다루기'의 폭과 깊이를 더하는 것이겠다. 문제는 그것이 바람대로 되지 않는 데 있다.

곁에서 도움을 주는 분들에게 마음 깊이 감사한다.

2024. 2. 2. 윤사순 적음

목 차

제2장 | 자라고

목 차

제4장 | 씨 되고

제1장

싹
트
고

매화를 반기며

성근 볕 온기 띈 줄 알았던가
냉기 덜며 떠나는
겨울 끝자락 딛고

군소리 없이
송이송이
봉오리 터뜨린 매화다

어쩔까
고고한 기품으로 다가온 축복을
혼술이라도 들며
맞아야 할 것 아닌가

그래
푸릇이 힘 오른 냉이 향에
상큼하게 버무린 봄동을

곁드린다면야

새봄도 매화처럼

잔잔히 하지만 아주 잰걸음으로

와 줄 걸

2023. 3. 7.

꽃

아리따운 님 누가 보냈나
스스로 왔겠지

왜 기다리게 했을까
예쁨 단장 때문이었을 수도

하. 인간들 좋아할 모습 보이려
마음 꽤나 썼겠네

글쎄, 아닐 수도
인간과 달리 속마음 없으니까

민낯만으로도 반길
진귀한 손님

험상궂은 세상에 띄운

하나의 축복이거니

2023. 4. 18.

봄맞이

추위 밀치고 온 손님
화사한 얼굴 예대로구나

함께 온 새싹의 수줍음은
찬 서리에 놀라선가
첫 만남이 꽃세상이라선가

하
꽃이 봄인가
봄이 꽃인가

봄맞이 하다가
꽃다이 될 순 없을까

2023. 3. 17.

벚꽃

벚꽃, 무리 지어
아침 햇살 따라와
눈부시게 함박 미소 짓고는
순간의 실수였다는 듯
금세 찬바람 나게 돌아선
봄날의 겨울 여인이었다

2023. 4. 17.

꽃 사랑

오월이 꼬릴 내릴 즈음이면
탐스런 장미가 눈길을 채어간다

어린 날 익힌 꽃
우물가의 봉숭아 마당가의 채송화
동산의 진달래가 그다음이었지

국제화 시대에
수입종이면 어떻고
개량종이면 어떠랴

꽃다움의 생명은 아름다움인걸

한 송이 꽃이 보이는 만 가지 변화
만 가지를 단 하나로 읽는 게
화엄(華嚴)의 지혜 아니던가

예쁘다 곱다 감탄한들

인간 말고 뉘 알아들을까

꽃이 반길 건 벌 나비인걸

2023. 5. 4.

사람의 일(人事)

우리 아파트의 세 살배기
해맑은 소리로 말한다
"안녕하세요?"
한두 번이 아니다 만날 때마다 한다
시켜서도 아니다
덤덤히 지나치려던 속내만 부끄러워진 꼴
이젠 내가 먼저 해야 할 거다
미소 띠고 발걸음 가볍게 해준 고마움
종일토록 떠나지 않는다
배운 말 써먹느라 그런다는 아기 엄마지만
그게 아니다
말꼬리 풀면 청산유수 실력이더라
아기 스스로
인사의 뜻과 쓰임새를 터득한 거다
친애의 표현 써먹기
영특함에 더한 귀여운 마음씨다

그뿐인가

'사람이 꼭 해야 할 일', '사람의 일 중의 일'

그게 바로 '인사(人事)'란 걸

아 새삼 아기로 해 깨우쳤다

유치원에도 들지 않은 세 살배기에게

할아버지뻘보다 더 산 노인이

'사람 되기'를 하나 배웠구나

배운 기쁨 줄줄이 주름들에 넘친다

2023. 9. 2.

어미 펭귄

몸매 하양 까망으로
상큼히 멋 낸 아낙

느긋한 유영과 잠수 즐기다가
날쌘 낚기
깜짝할 곡예였다

마음 급하지만
뒤뚱뒤뚱
청나라 여인 전족이다

남정네들 볼 새 없이
부리나케 가는 곳 어딜까

직방으로 찾아낸
새끼 아기들

더 볼 겨를없이 입 딱 벌려

숨차게 물고 온
새 먹거리
마구 쪼아가도록 하는 너
엄마 펭귄이었구나

맙소사
펭귄의 더 없을 엄마 노릇

2023. 3. 24.

까치집

유난히 귀청 울리던 까치 소리
손님처럼 반기려니
물고 온 나뭇가지가 무거워서였단다

건축공사의 시작 뉘 모를까
속성으로 지은
튼실한 '둥지'
그들만이 즐길 복된 '보금자리'였다

까맣게 잊고 있던 어느 날
잔디밭을 조심스레 걷는 새내기
축복할 경사쯤
알아차릴 수 있어 마음껏 함께했다

지저귐 한두 마디도
알아듣지 못한 탓이었을까

모를 사이에 한 식구가 몽땅 떠났다
세대 분가리라

덩그러니 떠있는 허공의 '빈집'
미루나무와 운명과 함께할 걸작
남겨진 명품이거니

2024. 1. 3.

맵 시

똑바로 보니 참새 너도
꽤 맵시 있고나
보는 듯 마는 듯한 게 착시였다
껌딱지 같은 당신도
마찬가지
늘 마음의 맵시만 여겨 봤으니

2023. 12. 12.

한계령 풍경

몰아치는 떼바람
영마루 추켜 올릴 기세다

언발들이 다져놓은
포토 스팟에서
렌즈에 들려 기다리는 사람들

산줄기 따라 높다랗게 둘러선
기암괴석
스쳐온 세월 굽어보는데

순간보다 짧은 찰나로
억겁보다도 더한
영원을 누리려는 바람으로
법석이다

2023. 5. 24.

춘천호에서

물결 잠든 너른 호수
바람은 그림자 되어 가라앉고
투명한 하늘 파아란 물빛으로 내린다

돛 단 배 한 척 띄울 만하건만
소리 없는 움직임
물 밑에서나 일 뿐인가

한적한 풍광
나그네마저
엷은 졸음을 반겨야 할까 보다

어제가 오늘의 전설 되는 세파
호수의 소양강 줄기
그제의 '봄내'였음 기억이나 할까

2023. 11. 15.

북한산 나들이

우람한 뫼 세 뿔(三角)에 기겁을 하곤
네 바퀴로 오르는 산행

90 노모 모시는 효심이면
길이 열린다

곱은 나목(裸木)들 따라 만나는
대서문(大西門)
산성 자취로 길손 맞는다

덩치 바위 곁 한 뼘 비집고 앉은
작은 절
무량(無量)이란다

석조대관 열고 드려다 본 게
만경(萬景) 휠 넘으니

무량일밖에

겹겹이 바위 틈새마다 뿌리 내린
솔 솔
만경에 더한 신비다

입춘(立春)에 하루 더하면
대보름

보름달 높직이 띄운 뫼
그 장관
하−얀 낮달에게나 묻고 싶다

2023. 2. 3.

* 불교에서 사용한 '無量'은 물론 이런 의미가 아니다. 여기서는 필자 나름
으로 사용한 것임을 밝힌다.

적벽 관람

격포 적벽에로
발길을 떼었다

멀리 굽어보는 시루떡 기암
바다 밑둥 뒤집어올린
뫼라던가

억겁 두고
차곡히 쌓은 탑일지도

자연이 이룬
풍광 중 압권

깊은 정 오고 갈
희한한 예술품이거니

허공 가득 채운
노을의 빛잔치 일자

한껏 황홀해지는 적벽
넘실거리는 바다 안고
환히 웃는다

웅장한 바위 틈새에 둥지 튼
이름 모를 새 하나

바라보는 나그네보다 네가
한 수 위다

2023. 9. 3.

제2장

자
라
고

국보급 청자

간송의 국보급 청자 중엔
절로 웃음 새게 하는
고려인의 능청이 넘친다

원숭이 모자상 연작을 보라
품에 안긴 젖먹이가
어미 얼굴 쓰다듬는 꼴을

청자 자체만 국보급 아니다
해학 또한 그렇다

아기 안은 건 제 어미일까

남의 새끼라도
제 젖 주어 키우는 게
저네들 습성

우리 또래 어릴 적도
미음 먹던 아기들
마을 산모들이 채워주는 젖 모금으로
자랐다

지금이야 어림없겠지만
그래도 그게
국보급 풍속이었지

2023. 9. 18.

그리움

자가용인 나를 굴리는 힘
어디서 나올까
'밥심'이라 하더라

기억해야 할 것들
잊어먹길 밥 먹듯 하니
밥심 빠져선가

잊어도 상관없을 걸
잊지 못해 늘 달고 다니는
'그리움'이란 또 뭘까

밥은 고사하고
쌀 한 톨도
함께 먹은 적 없는데

그야 '당길힘'

밥심보다 훨씬 더한

만유인력 때문 아닐까

2023. 5. 16.

나룻배

박물관만큼 옛스런 공산성 아래엔
비단강이 흐른다

강의 문턱 곰나루
나루 지킴이 곰 동상 눈에 익다

나루의 알짜 식구 더 있지
나룻배다
물결 따라 춤추듯 흔들리는 배

누굴 기다릴까
하염없이 기다리는 이는 누굴까

그야 역사의 무게를 등 하나에 지고
벅차게 오늘을 건너갈
시대의 짐꾼 아닐까

2023. 9. 11.

구름 타는 날

나잇살 꼬부라지고는
꿈길도 한산하다
길손 만나봤자
해묵은 옛사람

희로애락마저 벗었다더니
지난밤엔 누굴 만났기에
온종일 구름 탄
바람개비냐

2023. 9. 30.

바 보

슬프면 으레 울고

기쁨 넘쳐도 눈물 난다

가슴으론 더 하다

울보, 왜 우는진 모른단다

남들은 그래도 바보 아닌 줄 안다

2023. 9. 27.

바람이어라

감출 게 있더냐
시치미 뗀들 속 보인다

가면은 벗어야 할 거
네가 널 못 속이는데
누가 네게 속으랴

하늘처럼 맑고
바다처럼 푸르게
그리 살진 못하더라도

남의 눈가림 절대 안 된다
가림막 걷어
바람에 날리거라
차라리 바람이어라

2023. 7. 1.

서울 한복판

하늘로 치솟는 시청 앞 물줄기
뛰어드는 어린이들
물장구 없는 물비만으로도
탄성이다

찌는 삼복에 오들오들 떨던 기억
물안개로 인다

말라리아의 장난
하루 걸러 어김없이 찾아와
무더위 속에서 떨게 하던 녀석

잡된 것들 물리치고
개명한 세상이라더만
신종 변고들은 또 뭔가

코로나 미세먼지 이산화탄소

열불 나

벌겋게 달아오른

빌딩들의 재채기 소리가 요란하다

2023. 6. 19.

빗물 따라온 세월

몇 날째 내리는 장마
해갈 벌써 이루고 남을 거다

비 오면 함빡 젖도록 뛰놀던
어릴 적
새싹처럼 돋는다

앞내 여울목
엎어지고 제쳐지던
물돌이들의 난장판이었지

출렁이던 물결은 어디로 갔을까
두물머리 지나 바다로 갔을까
하늘로 구름 탔을까

그칠 줄 모르는 빗줄기

앞만 보고 내닫는 세월 닮았나

흘러간 세월이 빗물로

되오는가

2023. 7. 14.

꿈 속의 꿈

꿈을 먹고 자란 세 소년들
이야기다

찌는 무더위 뚫고 소리 높이
얼음과자 팔던 하나
너른 들판의 농장 주인 되었다

미군 부대 앞 구두닦이로
손놀림 잽싸던 또 하나
문패 없이 명함만으로 통하는
이름난 그룹 회장이란다

공부 잘한다고 소문났던 하나
부모 기대 물리치고
대학교수 하더니
학계에서는 꽤 알려진 학자라던가

셋이 모이긴 아주 어렵지만
무슨 일이 생겼다 하면
먼저 만나고 본다

지금도 그네들은 꿈을 먹고 사는
아니 꿈속의 꿈까지 좇는
꿈네들이다

2023. 7. 5.

낯가림

두 돌쯤이면 낯 가리지
아기뿐인가
어른인들 안 그러나, 해서

옷깃이라도 스치면
목례하는 이

작은 약속이라도
시곗바늘처럼 지키는 벗

딸린 것들 위하느라
이 빠지고 허리 굽은 어버이

불의나 재난에는
물불 안 가리고 뛰어드는 의인

인생을 걸고
풍파 헤쳤거나
한 우물만 파다가 백발 된 노인

철부지들이 일컫는
꼰대를
당당히 자칭하는 어르신

이런 사람이면야
낮가림은커녕
얼마든지 얼마든지 찾아 나설 걸

2023. 9. 13.

고향 생각

꼬마 친구들 사귀고 선생님을 만나고
살아간다는 사실에 처음 눈뜬 곳
인생의 첫 단추 낀 데가
고향 아니던가

발걸음 다른 데로 떼면서부터
갖가지 삶의 형태와 마주했고
어리둥절하는 사이
지난 자취는 추억 속의 그림이었다

그리움 일 때는
방황이 그림자처럼 따라와
인생살이 덧없음의 허상임을
짐작게 했지만

나의 어려움 나의 슬픔 핑계로

꾀부리기, 남의 불운에 눈 감기 익숙하자
양심의 조각 같던 옛 그림은
자취를 감추었다

불행의 시작이었다
어둡고 힘드는 음지 피하고
쉽고 편한 양지 찾는 버릇으로
삶 자체가 건성으로 도는 바람개비였다

질병 재앙 같은
내 의지와 상관없이 닥치는 해악들이야
힘 밖의 것들이라 해도

높푸른 하늘과 새하얀 구름엔
무심만 했고
시원하게 불어오는 들바람엔

흠씬 취할 엄두조차 내지 않았다

아 싱그런 풀잎 하나하나가
진정 어머니 품 같은
따로 없는 '내 고향임'을
왜 깨닫지 못했을까

어찌하랴
두 번 다시 예대로 출발할 수 없는
인생인 것을

깊은 산속 길 잃은 나그네의 심정으로
회한에 쌓인 머리를
하얀 낮달에게 조아린다

2023. 3. 30.

퀴즈 하나(이슬)

손자: 할아버지는 왜 연꽃을 그렇게 좋아해요?

할아버지: 더러운 흙탕을 떨치고 피어난 고운 꽃이라서.

손자: 그 연의 커다란 잎은 왜 깨끗한지 아셔요?

할아버지: 글쎄다. 잘 모르겠는걸. 본래 그런 거 아닌가?

손자: 그게 아니야. 잎에 앉은 물방울이 굴러줘서야. 잎의 물방울 바람결에 구르는 청소기거든.

할아버지: 옳거니 그렇겠구나, 영특한 녀석.

그 뒤 할아버지 눈에는
연잎을 구르는 투명한 빗방울과
작은 이슬, 그리고 희귀한 옥구슬까지 보였다

2024. 1. 10.

잡 초

작은 개미 비켜가면서
같은 길에서 명줄 잇는 질경이에는
왜 체중 실은 발걸음인가

텃밭 야채 사이서 웃자란
이름 없는 풀
잡초라고 뽑아버리던
버릇 때문인가

먹거리들과 어울리고
인간들과 태고적부터 함께하긴
다 마찬가지거늘

솔직하자
인간들 황소만큼 우람한 먹성이었더면
뭘 잡초라 가렸을까

먹기 벅찼고

효험 몰랐더라면

산삼마저 잡초라 했을 거니

2023. 8. 28.

제3장

여
물
고

친구

맑은 하늘
단풍 타는 바람결에
가늠 못 할 높이로 올랐다

새하얀 백로 한 마리
바닷가 갯늪을 서성인다

오뉴월 모내기철부터
볏논 거닐던 네가 웬일이냐
진흙에 숨은 먹이라도 띄느냐

늘 푸른 청송에 둥지 틀고
하늘 훨훨 날던 너

네 짝꿍 모르게
바다 풍경 즐기려 예 왔더냐

수평선 바라보는 맛에 이쯤에서 늘

넋을 놓는 시인의 취향

너도 조금 지닌 게로구나

참 잘 들렸다

지금은 네가 알지 못하는 짝꿍이

따로 있느니라

2023. 10. 4.

노 숙(露宿)

모를 일이다
젊음처럼 싱그런
새순들이
어쩌다 낙엽 될 줄이야

누구도 모를 일
너른 가슴팍에 굳게 새긴
청운의 꿈이
어이해 시린 회한 될 줄이야

아무도 모를 일
천하장사 역발산으로
힘 자랑하던 거구가
어느새 주체스런 짐 될 줄이야

안 들 뭘 하랴

적막이 하품하는 대낮

감당 못 할 잡초에 에둘린 꽃처럼

볕 지난 음지에서 잠들 줄이야

2023. 4. 12.

북한산 바라기

안개구름 거둔 그림
뫼의 속내 보일 셈인가

거칠 것 없어
압도하듯 당당한 품새
바위로 굳은 기품이라

세 뿔로 솟구치는 괴력
하늘과 땅 말고
뉘 알랴

억겁 동안 쌓인 사연들은
역사의 묵언 속에
묻었을 터

길손 하나

경이로움에 취해

한눈에 옴짝달싹 못 하는

뫼바라기 될 줄이야

2023. 9. 25.

홍 시

넘쳐나는 돌로
담장 꾸린 시골 마을

옹기종기 사립문 터놓은 초가에서
수저 챙기듯 가꾼 과수라곤
한두 그루 감나무뿐

돌담과 키재기하듯 웃자라
지붕 너머로 보란 듯 떠오른
빠알간 '햇 선물'

들국화와 어울리던 홍시
낙엽 지는 계절의 스산함 더느라
떨어질 듯 매어달린
말랑한 '하늘 꽃'

티 없던 어린 날

함께 노닐던 짝꿍

눈길 마주치면 금세 홍당무 되던

앳된 그녀의 '두 볼'일 터

2023. 10. 26.

꿀복 터진 날

구시월이면 강산이 온통
꽃축제로 북새다

갖가지 화사한 색채에
볕 광채 더한
장관이다

밀려드는 인파
탄성 내는 가슴마다
꽃마음 가득

눈부신 황홀
곤드레 될 향기의 장터에서
벌 나비마저
단골 찾기 헷갈릴 판

힘겹게 단골 찾은 그들

곤두박질치듯

싱그런 송이 속으로 빠져든다

꿀복이 터진 날이구나

바라보는 시인

입맛 다시곤

눈풍년만으로

품위를 지키려는 기색이다

2023. 9. 9.

갈잎 하나

선들바람 타고
가을비 내리는 날

개울가 지나는 길손
한 손으로 우산 겨우 지탱하면서
오리 놀던 자리로 눈길 준다

오리 없이
'갈잎' 하나가
물결 따라 맴돌 뿐

눈총으로 '가을' 맞으려던 순간
바람 탄 우산
얼굴까지 확 빗물 세례다

어이없는 쾌감

예측한 실수가 안기는 즐거움

자신 말고 웃음거린 따로 없었다

갈잎은 그사이

세월 되어 떠났더라

2023. 9. 22.

가을이 오면

가을이 오면 이 마음
바람 되어
하늘 높이 날으리라

마음대로라면
단풍 되어
누리 띄울 꽃 대신하리라

마음으로야
호수 되어
이슬방울까지 사랑하리

마음 같아선
낙엽 되어
크고 작은 시름 묻으리

아 가을

노을 펴고 떠나 듯

보름달로 되 올 님이어라

2023. 10. 8.

은비령

한계령 나드는 바람에
찬 기운 더해지면
이웃 은비령엔 어느새
단풍이 내린다

늘 푸른 솔과 어우러진
밝고 고운 색깔들
화려하지도 초라하지도 않은
아담해 돋보이는 신선의 옷자락이다

떠오르는 아침 해의 찬란함과도
노을 따라 펼치는 지는 해의 황홀함과도
거릴 두고 일군 빛잔치다

기나긴 역사의 맥박을 짚는
이름 모를 진중한 은자(隱者)의 숨결이

잔물결 같은 미풍으로 감도는

비경(秘景)이다

2023. 10. 18.

소리 없이 내는 노래

풍류 즐기는 자리에서
이보란 듯 내놓을 노래라곤
하나도 없다

악성의 「운명」, 「환희」 등은
익혔지만
아는 체할 겨를 없었다

가곡으론
정지용의 「향수」
아니면 만주벌 누비던 「선구자」를
취중에 불러본 기억일 뿐

요행이랄까
트롯으로 삶의 진상에 눈떴고
민요 「백만 송이」로는

인생의 끈 조일 생각마저 들었다

불러야 할 요건도 목청도 다 허락지

않는 게 문제다

가락을 목 안에 담고 늙어가는 처지

불현듯 읊조리듯

「반달」이

입안에서 맴돈다

홀로

소리 없이 내는 동요

풍류 타는 가객이 따로 없는 줄 아는가

2023. 4. 1.

열 쇠

인생 열어갈 '열쇠'를 찾는다니
듣던 중 참
영특한 생각이군

한 방울 이슬 맺히는 데도
습기와 온도 등이 맞아야
된다던데

삶의 무게 버겁다는 이유로
남의 탓 말고
먼저 자넬 스스로 띄어놓고 바라볼 줄
아는가
운명의 조절에는 그게 앞서야 할 듯해

치닫는 욕망 가리고
기쁘지도 않은 헛웃음

슬픔 없이 내는 헛울음

다 금물일 걸

솔직 담백해도 믿지 못해 시험하는 세상이니

애당초 인생에는 지름길이 없는 것 같네

열쇠 따로 없을 듯

평생을 살아도 낯선 게

우리네 삶

하루하루가 다 새로우니

잠금쇠로 어디 잠기는 건 아닌 듯하이

잠긴 듯 보이는 거야 많지

막힌 듯 답답하고 진 빠지게 힘을 다 써도

두렵다 못해 무섭고 위태로운 게

인생살이 허상 아닌 실상이니

호랑이에게 잡혀가도 정신 차리면 살아날

그런 길이 있다더군

어쩌겠나

지극히 어렵더라도

허리띠 조이고 신발끈 힘껏 졸라매야지

2023. 12. 18.

단막극

나이 차곤 넉넉한 회상
즐긴다

튀던 활력들 높낮이로
가늠하고

명줄 하나 세월의 길이로
셈하다 보면

스쳐 간 희로애락 다
무지개 빛살의 율동이었던 듯

인생 참
따로 없을 단막극이었다

2023. 4. 26.

시 한 수

산천 그리고서 거기
지팡이 짚은 노인 빠뜨렸으면
어찌 선화(仙畵)겠나

몸통에 팔다리 붙이곤
얼굴 놓쳤다면
로봇일 게고

얼굴 갖추고도
이목구비 안 보이면
논밭 지키는 허수아비지

이보게나, 허상 아닌 실상이
삶의 진국에서 퍼 올린
맛과 멋으로 된
그런 선화는 영 안 될까

어찌 안 되겠나

자네가 명시(名詩) 한 수쯤

읊조린다면야

2023. 4. 28.

웃음의 미학

봄날 미풍이 잔설 녹이듯
엷은 미소가
응어릴 삭여준다고 하던가요

가림막 없는 웃음이라야
즐거울 거고
즐거움은 아름다움으로 통할
행복의 씨앗이겠으니

꼬인 비웃음
그건 숨긴 음해
무서운 해악일 수도

자기 잘못을 헛웃음으로 넘기려는
재간은 자신만

추하고 천하게나 하는 짓이지요

이지가지 어렵고
쉬운 건 참 드문 세상이지만
턱 빠질 너털웃음으로
가슴을 활짝 열어젖히시구려

열린 마음에서 정이 땀뿍 들 웃음을
솟구치듯
내보시란 말이에요

참마음 주는 착한 웃음이 될 거니
착한 웃음이 최고의 웃음
거기서 아름다움마저
풍기니깐요

뭘 더 하겠나

시덥잖은 지껄임 이만 할래요

웃음거리 돼선 안 되니깐

2023. 2. 25.

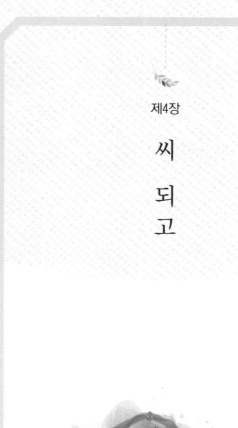

제4장

씨
되
고

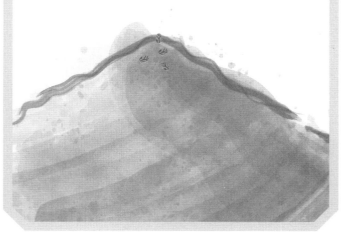

산사의 밤

어둠 스치는 달빛
마른 나뭇가지에 걸렸다

산사(山寺) 조촐한 품위로
풍경 울림 없이
밤을 누빈다

참선(參禪) 외길에 생애 바친 스님
중생의 만사형통 발원에
시달리는 그
인생무상 걷어낼 간화선 차례다만
대뜰 밖을 서성인다

아 하늘 저편
땅 빼앗기 탐욕들의 아비규환
지옥문(地獄門) 부수는 참상

떠올라서다

버릇처럼 부처님 찾아뵈려니

웬일인가

띄질 않으신다

고민 고민 끝에 해탈(解脫) 다시 하러 떠나셨나

어디서 천지신명과 숙의(熟議) 중이신가

2023. 11. 6.

성난 바다

바다
바닥날 줄 모른다는 이름 같다

남북극의 빙하 쏟아져
넘쳐나는 판에
이름풀이 할 여유 있겠나

곳곳마다 쓰레기장 만들더니
온갖 폐기물로
물고기부터 바닥낼 지경

뻘대 난 바다
구름떼 몰아
험상궂은 장대비 퍼부어
산 할퀴고 집 허물고
둑 잘라 강 넓히고

더 고약해질 땐

황금 농토마저 꿀꺽

세상 아예 통째로 삼킬 거다

철들 줄 모르는 인간들아

말 없는 자연

성나면 무슨 짓인들 못 하랴

저 바다

넓은 아량의 품새뿐인 줄로만

알았더냐

아량 버리도록 한 게

인간 아니더냐

바다의 반격이 닥칠 걸

왜 몰랐나

수평선 너머로

해는 또 기운다

아 어이 할까

진정 투명한 하늘처럼

맑은 바다로

밝은 앞날 바랄 수는 없는 걸까

2023. 7. 18.

고 독

홀로 왔다 가는 인생
그림자처럼 따르는 게
고독이지만
뭐든 만나면
친구 삼는 마음이라
고독 또한 외톨일 수가 없고나

2023. 4. 25.

우 화(愚話)

꿈은 궁사(弓士)였다

맞춰야 할 과녁
명백했지만 너무 많았다

기막힌 건
애당초 깜 되기 글러먹은
얼치기였던 사실

한 번도 당기지 못해
기다리다 지친 활대
가슴을 친다

허공만 바라보던 시위
참다못해
시위(示威)라도 할 기세다.

부끄럽다

하늘 우러른들 땅엘 굽힌들

부끄럽기

짝이 없고나

2023. 5. 18.

풍경소리

낙엽이 구르면
볕 든 양지 떠오르듯

빈방 지키자니
산사
정갈한 풍경소리가 뜬다

가냘픈 소리 따라
스님들은
심신 가눔에 정성 다하련만

뜬금없이
어린 날의 소풍길이 겹친다

스님 비슷하게라도
마음 추스르긴

글렀다

툇마루로 나아가
빨갛게 열린
홍시나 구경해야겠다

2023. 10. 2.

시월이 가면

높맑은 하늘이 내려준
물감이어서
단풍 그리 고왔겠지

떠나는 가을
왜 그 고운 색채화를
꼭 지우고 가려 할까

이별의 까닭 몰라
말릴 엄두 못 내는 마음
아쉬움만으로 채울 수밖에

다가올 계절
눈부시게 새하-얀
맛과 멋 약속해 줄 테지만

아쉬움 뒤척이다 못해
심술을 낸다

무정한 세월
덧없음의 덫에 걸려
발걸음 떼지 못하기나
바랄까

2023. 10. 31.

초승달

밤마다
외딴섬 지킴이려니

어둠 헤치고 떠도는
바람결 나그네려니

외로움 삭이면
허공 삼킨 침묵이려니

기다림 끝엔 보름달 되어
하늘 가득 채우려니

가냘픈 실눈으로 님 생각하면
미소 지을 그믐달이려니

그믐의 널 초승이라 하게 되는

까닭을 알고 있으려니

2023. 3. 14.

첫눈이 내린다

여전히 하-얗기만 한 눈

엉겁결에 떠나보낸
첫사랑 아닌가

단풍 무르익던
가을 꿈 못 잊는
낙엽의 추억일 수도

허구한 고난의 날들
끈질기게 이겨낸
기쁨의 흔적일 수도

욕망과 분노 다 허공에 던지고
삭풍 맷돌 삼아 부순
냉엄한 세월의 흩날림이라면

다가올 봄
대지의 온기로 싹틔울
기찬 씨앗들 아닐까

다시 보마 세월아

2023. 11. 17.

빛 세월 읽기

어떻게 살아온 인생인가
세월에 밀리고
빚에 끌려서였지

찬란하게 떠오르는
아침 햇살
왜 함께하지 않았던가

독차지하고 파서였다니

온천지에 펼치는 만인에의 축복
음험함 떨치며
뉘 하나에게도 머물지 않는 게 빛인걸

대낮 밝은 세상에서마저
우왕좌왕하게 된 것도

탐욕의 병통
저만 챙기는 빛가림 탓이었지

햇빛 달빛처럼 살진 못할망정
촛불 반딧불만큼이라도
나눔의 마음씀씀이었던들
세월마저 흐름 늦추었을걸

서산마루에서 졸고 있던 노을이라도
둘이 나누었던들
황홀한 사랑 한 조각쯤은
놓치지 않았을걸

맥박 아직 꺼지지 않은 지금
밤하늘에 널린 허구한 별들을 보면서
신세 진 사람의 수효가 저만큼 됨

깨닫는다면

빛 세월의 마지막 단락만은 읽는 셈이겠지만

2024. 2. 18.

나그네 이야기

정감 읊조린다고 다 시인 아닌 터에
그조차 없는 생각을
읊조릴 참이라네

나그네 이야기
이게 오늘의 주제지

울음으로 숨 트는
태어남부터 살아가는 한평생을
통틀어야 '삶'이라더군

홀로 가는
그 '홀 삶'에 예외 없이 따르는
슬픔과 고달픔
'운명'이라는 해석 내는 바탕이라네

명줄의 이음새가 바로 세월이니

살아감이란

긴 여행이든지 짧은 소풍일 수밖에

가고 가도

손에 잡힐 듯 잡히지 않아

속절도 하염도 다 '덧없음' 한 묶음으로

던져야 할 걸세

낮이면 해 뜨고

밤이면 별 뜨는 빛 세상 두고

가는 곳 끝간 '종점'은

세월의 줄 끊어진 '죽음'이라는 사실이지

거기 가는 사람들 사이에도

차림새에 따라

갈림이 인다네

눈 감은 듯 떠가는
'나그네[行人]'와
지각 차리고 가려는
'길손(道客)'이 그거지
나그네가 길손 되기도 하지만

이번엔 여기까지 이야기하세
나 또한 나그네
할 이야기 언제는
완결 보듯 마침표 찍던가

2023. 12. 30.

닫힌 슬픔

가수 장사익 화사한 봄날을
늘 함께하게 하는
소리꾼이다

트로트를 우리 소리로
귀뽈 열어주는 그

기막히는 대목에서도
딴전 피는 표정과 율동으로
목청 돋운다

보릿고개에 앉은
찔레꽃을 노래할 때도
그렇다

등에 업혀 무덤 가는 어미가
꽃잎 따
아들 갈 길 잃지 않게 하는
떨리는 손

아 그건
전설의 뒷방 아낙이 흘리던
한과도 다른
닫힌 슬픔 아니런가

2023. 9. 19.

산 행

어느 모로든 따라가기 힘든 친지들이 많다

한 분은 아들 딸 다 길렀으니

훈장 노릇 말겠다며 스스로 치웠다

옛시[古詩] 전공 학자다

늘 산 타기 즐겨 치악 오르길

동산에 가는 산책쯤으로 여긴다

그로 얻은 건강이 놀랍다

부러워하는 눈치에 선뜻 손짓해준 날

한두 번이 아니었다

따르는 모롱이에는 꽃보다 머루 다래가 더 띈다

문배 개복숭아도 그렇고

찬바람일 때면 떨어진 도토리와 산밤이 지천이란다

산길 끝머리에서 기다리는 낡은 오두막

신기하게도 멋대로 구부러진 가느다란 기둥들이

기울어진 천정과 좁다란 방을 꺼질 듯 지탱한다

화전민 솜씨였단다

두레 쟁반에 담겨 나온 건 싱그런 야채와 산채
도토리묵이 넉넉한데 때론 능이 버섯도 오른단다
뚝배기 딸린 냄비엔 손두부에 얹은 묵은지가
더밀 이루었다
끓는 소리와 함께 번져오는 풍미
잊은 지 꽤 오래된 옛스런 취각이 살아난다
맛난다는 미각 뇌자
멋스런 맛과는 거리가 먼
굶주림 달래주던 구황식이었을 따름이었단다
아 그 친지를 다시 알겠다
그분이 바로 시인이자 역사를 더듬고 인간을 통찰하는
선비형 학자임을
그런 게 바로 옛 시인들의 지혜였음을
한 수 또 배울 산행이 기다려진다

2023. 10. 6.

말씨로 하는 철학

시인은 즐겨 철학을 한다
우리말 탐색이다

말의 뜻 파헤치기 뜻 풀어내기니
분석철학과 해석학의 비빔질이랄까
딴엔 이게 한국철학이란다

실례로
'사람'이라는 말과
'인간'이라는 말의 경우다

이는 한뜻의 다른 표현이니
겉 모양새만 다를 뿐
속내는 같은 하나를 밝히는 사색이다
들여다보자

'사람' 파고들기란

'사람' 〈→〉 '삶' 〈→〉 '살' 〈→〉 '숨' 〈→〉 '싹'이고

이의 펼치긴

'사람' 〈→〉 '사랑' 〈→〉 '자랑'으로 되는 관계란다

곧 생명의 절정에 이른 것이 사람이고

사랑 나눔이 사람의 자랑할 특징이라는 뜻이란다

뒷받침하는 사유는 '생명존중과 사랑존중'이다

'인간' 파고들기란

한문식 용어로 아래처럼 풀린다

'인-人' 〈→〉 '간-間' 〈→〉 '문-門' 〈→〉 '일-日'이다

이의 펼치기는 해설로 덧댄다

본래 '인-人' 자 하나로 (사람) 의미는 드러났다

실로 중국 사람들은 '人-런' 하나를 쓸 뿐인데

우리네는 '간−間' 자를 더해 쓴다
'사람' 의미의 보강인 셈이다
'간−間'의 의미는 '사이(틈새)'이니
둘 이상의 '사회' 성격을 띤 거다
이에 있는 '문−門'은
'소통', 곧 '공존 공생' 의미의 상징이란다
문안에 '해(日)'가 들었음은
'빛'과 '온기' 곧 '지혜와 생명' 의미의 상징이란다

곧 '사회' 집단에서 상부상조하는 '소통'에 의해
'공존 공생'하는 '지혜로운 생명체', 그게
다름 아닌 '사람이라는 뜻'으로 귀결된다는 거다

시인은 이를 가리켜
우리네 '자아의식'이자 '인간관'이라 판단한다

이렇듯 말씨에 깃든 의식세계가 곧

한국철학 속의 사람철학 또는 인간철학이란다

설득력 있는 주장인지 검토해보라는 게

그의 겸손한 부탁이다

2023. 10. 10.

잊혀진 학인들을 추념하며

황야를 맨발로 걸어간 이들
눈대중으로 향방 찾아 나선 자국이
처음으로 튼 길이었지

외로움 타며 고달픔에 눌려
안간힘써 낸 글묶음
종유석보다 더한 금탑이었건만

세상 뜨고서야 겨우 알려졌고
캐어낸 광석의 가치로나 기억될
글광맥 속에서 웃고 울던
못난 듯 잘난 어진이들이었지

무언가를 새롭게 뇌면서
세월에 백발과 주름이 덮이기까지
외골수로만 견뎌내던 글님네

하늘나라에서도 그러고 있겠지

자기들 그림자 딛고
줄지어 따르는 뒷것들을
내려다보기나 할까

2024. 2. 9.

그리움 그리기

그리움을 그린다면
어떻게 하시겠어요

정겨움에 얹힌
'아름다움'으로 허시겠다고요

하면, 뙤약볕 아래 '홀로 타는 목마름'은
어찌 하시구요
통한을 가누느라 안간힘을 다할 건데

아차 하셨다구요

꼬인 사연들이 평생 지워지지 않을 상처
증오스런 고통이 되게 할 수는
없으신가 보죠

인생의 고통 고뇌는 붓다의 그림에서나
짚어볼 게 아닌가 싶네요
듣기로, 거기에는
'감당 못 해하는 슬픔'마저 함께하려는
'엄청 큰 사랑'을 그렸다더군요

2024. 3. 1.

* 문득 붓다의 '대자대비(大慈大悲)'를 떠올리면서

부록

필자의
뒷말

두려움을 무릅쓰고 시를 쓰다 보니 여섯 번째 모음이 되었다. 진중치 못한 짓 아니냐는 나무람을 참아가면서 안쓰러이 바라볼 독자들의 시선이 떠오른다. 투박하고 거친 언어 구사 솜씨가 필자에게선 좀처럼 나아질 줄을 모른다. 늘 부끄럽기 마찬가지인 까닭이다.

붓 가는 대로 문자화한 조각들을 세상에 내어놓는 까닭이 없지는 않다. 충실히 읽어주면서 넌지시 바로 잡아주시는 분들의 고마움에 대한 답신이 그 하나고, 애당초 시 쓰기가 철학 공부에 도움이 된다는 점을 알아서가 또 하나고, 그 구실을 걸고 그렁저렁 지낸 동안 우리말이 지닌 '말씨와 말투'의 쓰임새에 따른 멋이 풍기는 아름다움에 혹한 게 또 하나다.

우리 속담에 "핑계 없는 무덤이 없다"는 말이 있지 않던가? 공부를 핑계로 어르신들의 눈을 가리던 게 필자의 어린 날부터 하던 '이골난 짓'이었다. 이골이 났음을 떠올리자니, 참 '이젠 세 살 버릇 여든까지가 아니라, 구십까지라고' 수정해야 할 판이다.

***

한 책의 모음으로 엮자니, 편집 안목을 자아내야 했다. 궁리 끝에 네 편으로 가름했다. 「1. 싹 트고」, 「2. 자라고」, 「3. 여물고」, 「4. 씨 되고」가 그것이다. 이는 물론 생로병사와 비슷한 생명현상의 표현이다.

기억력 좋은 분은 담박 1집에 써먹은 네 계절, 곧 '봄, 여름, 가을, 겨울'의 되풀이로구나 할 것이다. 그렇다. 이는 그 1집의 가름 내용을 에둘러 써놓은 것에 지나지 않는다. 그럼에도 이를 또 사용한 까닭은 '생명현상의 중요성'에 대한 경각심 환기라는 거창한

노림수에 있다.

생명에 대해 홀대하는 태도는 인류 전체의 존속 여부가 달린 문제이자, 시시각각으로 닥쳐오는 재앙의 씨앗인 데야 어찌 방관할 수 있겠나! 과장하자면 이는 기후변화 등을 겪는 사태로 인한 자연의 '정상화 바람'에서 내보인 사유인 셈이다. 더하자면 필자와 독자의 '공감대'를 굳게 믿고 낸 발상이기도 하다. 상상에는 아무런 제약이 없기가 참 다행이다. 필자가 챙기는 하나의 보호막이라니….

***

싹 트는 식의 현상부터 짚자니, '봄맞이', '꽃' 등으로 시작할 수밖에 없었다. 꽃 가운데 '매화'를 첫손으로 꼽는 성향은 필자만에 그치질 않을 것이다. 그 까닭을 밝힌다는 것은 한낱 군소리일 따름이겠다. 헌데 매화를 반긴다는 핑계로 혼술에다 안주를 그리는 모양새는 너무 속되어 보인다. 사람됨이 그 정도인 걸 어찌겠나? "… / 군소리 없이/ 송이송이/ 봉

오리 터트린 매화다/ …/ 혼술이라도 들며/ 맞아야 할 것 아닌가/ 그래/ 푸릇이 힘 오른 냉이 향에/ 상큼하게 버무린 봄동을/ 곁들인다면야/ 새봄도 매화처럼/ 잔잔히 하지만 아주 잰걸음으로/ 와줄걸(「매화를 반기며」)"

저 자신이 속된 줄 아니까 꽃이라도 좋아하는 거 아닌가! "추위 밀치고 온 손님/ 화사한 얼굴 예대로 구나/ …/ 하/ 꽃이 봄인가/ 봄이 꽃인가/ 봄맞이하다가/ 꽃다이 될 순 없을까(「봄맞이」)"하는 대목이 바로 그 점을 스스로 고백한 글귀이다.

「벚꽃」은 또 어떤가. "아침 햇살 따라와/ 눈부시게 함빡 미소 짓고는/ 순간의 실수였다는 듯/ 금세 찬바람 나게 돌아선/ 봄날의 겨울 여인"인 건 누구나 다 아는 사실.

오래도록 함께하여 정드는 꽃이 따로 있지. 무궁화 말이다. 하기야 요즈음은 장미도 꽃 사랑 축에 드는 모양이다. 하지만, 그것도 따지고 보면 "예쁘다 곱다 한들/ 꽃이 반길 건 벌 나비인걸(「꽃 사랑」)"

꽃은 아니지만 그 비슷한 멋을 느끼게 하는 종류의 실례가 있다. 바로 어느 여인의 맵시 아니던가. "똑바로 보니 참새 너도/ 꽤 맵시 있고나/ 보는 듯 마는 듯한 게 착시였다/ 껌딱지 같은 당신도/ 마찬가지/ 늘 마음의 맵시만 여겨 봤으니(「맵시」)"

겨울이 다 지난 줄 아는 초봄이 곧 겨울의 끝자락이기도 해 꽤나 춥다. 하지만 그 추위쯤 아랑곳하지 않는 이들도 많다. 설악의 한계령에 오른 이들이 곧 그런 이들. "몰아치는 떼바람/ 영마루 추켜 올릴 기세다/ 언 발들이 다져놓은/ 포토 스팟에서/ 렌즈에 들려 기다리는 사람들/ …/ 순간보다 짧은 찰나로/ 억겁보다도 더한/영원을 누리려는 바람으로/ 법석이다.(「한계령 풍경」)"

관광객들이야 추위나 무더위를 가리던가? 명승지에 가면 그것을 실감한다. 필자도 짬만 나면 수를 써서 집을 나선다. 흘러가는 나그네임을 실감하는 게 예삿일이 아니어서다. "격포 적벽에로/ 발길을 떼었다/ 멀리 굽어보는 시루떡 기암/ 바다 밑둥 뒤집어 올린/ 뫼라던가/ …/ 허공 가득 채운/ 노을의 빛 잔치 일자/ 한껏 황홀해지는 적벽/ 넘실거리는 바다 안고/ 환히 웃는다/ 웅장한 바위 틈새에 둥지 튼/ 이름 모를 새 하나/ 바라보는 나그네보다 네가/ 한 수 위다(「적벽 관람」)"

***

보는 이의 감탄을 자아내는 것에 어찌 명산 대천 의 자연물만 있던가! 인공으로 만든 문화 예술품 또한 기막히게 찬탄할 명품이 많다. 전형필 선생께 서 금쪽 같은 논밭을 팔아 구해놓은 유품들만 해 도 그렇다. "간송의 국보급 청자 중엔/ 절로 웃음 을 새게 하는/ 고려인의 능청이 넘친다/ 원숭이 모 자상 연작을 보라/ 품에 안긴 젖먹이가/ 어미 얼굴 을 쓰다듬는 꼴을/ …/ 아기 안은 건 제 어미일까/ 남의 새끼라도/ 제 젖 주어 키우는 게/ 저네들 습 성/ 우리 또래 어릴 적도/ 미음 먹던 아기들/ 마을 산모들이 채워주는 젖 모금으로/ 자랐다/ 지금이야 어림없겠지만/ 그래도 그게/ 국보급 풍속이었지(「국보급 청자」)"

이를 놓고 어떤 이는 후진국 현상이었다고 폄하할지 모르겠다. 하지만 문화세계 아닌 문명세계는 어떤가? 멀리 갈 것 없다. 서울 시내를 돌더라도 얼마든지 만나는 현상이 있다. "하늘로 치솟는 시청 앞 물줄기/ 뛰어드는 어린이들/ 물장구 없는 물비만으로도/ 탄성이다/ …/ 찌는 삼복에 오들오들 떨던 기억/ 물안개로 인다/ 말라리아의 장난/ 하루걸러 어김없이 찾아와/ 무더위 속에서 떨게 하던 녀석/ 녀석 물리치고/ 개명한 세상이라더만/ 신종 변고들은 뭔가/ 코로나, 미세먼지, 이산화탄소/ 열불 나/ 달아오른/ 빌딩들의 재채기 소리가 요란하다(「서울 한복판」)"

그 서울에서 늙는 필자는 어떤가 되돌아볼 일이다. "슬프면 으레 울고/ 기쁨 넘쳐도 눈물 난다/ 가슴으론 더 하다/ 울보, 왜 우는진 모른단다/ 남들은 그래도 바보 아닌 줄 안다(「바보」)" 그 바보 '고향 생각'에 잠기기 일쑤다. 하지만 그 건 너무 길어 여기

옮기지 않겠다. 신기한 건 그 '고향 생각'에서 바보가 보이는 철학의 조각들이 떠다니기도 한다. 눈여겨보실 일이다.

대신 바보의 딴 거 하나를 소개하겠다. 손자와 나누는 퀴즈다. "손자: 할아버지는 왜 연꽃을 그렇게 좋아해요? 할아버지: 더러운 흙탕을 떨치고 피어난 고운 꽃이라서. 손자: 그 연의 커다란 잎은 왜 깨끗한지 아세요? 할아버지: 글쎄 잘 모르겠는걸. 본래 그런 거 아닌가? 손자: 그게 아니야. 잎에 앉은 물방울이 굴러줘서야. 할아버지: 옳거니 그렇겠구나. 영특한 녀석.// 그 뒤 할아버지 눈에는 연잎에 구르는 투명한 빗방울과 작은 이슬, 그리고 희귀한 옥구슬까지 보였다(「퀴즈 하나」)"

***

손자와 더 놀고 싶지만 그 녀석도 제 일이 늘어만 가니 놓아줄 수밖에. 하는 수 없이 다른 친구나 찾게 된다. 들로 갯가로 나아가 말 없는 자연을

대하는 거다. 산골 출신이라선가 산과 바다는 아무리 바라봐도 실증은커녕 마음이 편안해진다. "맑은 하늘/ 단풍 타는 바람결에/ 가늠 못 할 높이로 올랐다/ 새하얀 백로 한 마리/ 바닷가 갯늪을 서성인다/ …/ 늘 푸른 청송에 둥지 틀고/ 하늘 훨훨 날던 너/ 네 짝꿍 모르게/ 바다풍경 즐기려 예 왔더냐/ 수평선 바라보는 맛에 이쯤에서 늘/ 넋을 놓는 시인의 취향/ 너도 조금 지닌 게로구나/참 잘 들렸다/ 지금은 네가 알지 못하는 짝꿍이/ 따로 있느니라(「친구」)"

어지러운 세상, 백로만 외로운가? 외로움마저 느끼지 못할 고달픔에 지친 인생들이 허다한 판에! 도통 모를 일이 너무 많다, 돌아가는 세태. 심각하기 그지없는 인생살이 오죽해야 붓다는 예약된 왕좌 버리고 수행의 길로 나섰겠나. 그 결과로 얻은 답이 인생이란 고통이고 고뇌라는 것…. "모를 일이다/ 젊음처럼 싱그런/ 새순들이/ 어쩌다 낙엽 될 줄이야/ 누구도 모를 일/ 너른 가슴팍에 굳게 새긴/ 청운의 꿈이/ 어이해 시린 회한 될 줄이야/ …/ 안 들 뭘 하랴/ 적막이 하품하는 대낮/ 감당 못 할 잡초에 에둘린 꽃처럼/ 볕 지난 음지에서 잠들 줄이야(「노숙」)"

어지러운 세상에서 할 일 없는 퇴직교수가 마음 다스릴 겸 가까운 뫼를 찾는 발걸음이 드물지 않다. 홀로라도 훌쩍 집을 나서는 경우가 적지 않다. 뫼 오를 기운 없으니, 멀찍이서 바라볼 따름이다. "안개구름 거둔 그림/ 뫼의 속내 보일 셈인가/ 거칠 것 없어/ 압도하듯 당당한 품새/ 바위로 굳은 기품이라/ 세 뿔로 솟구치는 괴력/ 하늘과 땅 말고/ 뉘 알랴/ 억겁 동안 쌓인 사연들은/ 역사의 묵언 속에/ 묻었을 터/ 길손 하나/ 경이로움에 취해/ 한눈에 옴짝달싹 못 하는/ 뫼바라기 될 줄이야(「북한산 바라기」)"

뫼에 압도되었던 감흥을 추스르는 데 한참 걸렸다. 그런 뒤 돌아오던 길엔 그래도 정겨운 홍시가 손짓하니 하루의 피로가 풀릴 수밖에! "넘쳐나는 돌로/ 담장 꾸린 시골 마을/ …/ 돌담과 키재기하듯 웃자라/ 지붕 너머로 보란 듯 떠오른 빠알간 홍시/

들국화와 어울리던 '햇 선물'/ 낙엽 지는 계절의 스산함 더느라/ 떨어질 듯 매어달린/ 말랑한 '하늘꽃'/ 티 없던 어린 날/ 함께 노닐던 짝꿍/ 눈길 마주치면 금세 홍당무 되던/ 앳된 그녀의 '두 볼' 아닐까(「홍시」)"

한 구절씩 읊어도 마음 한구석엔 잔물결이 남는다. 가을은 젊은이든 늙은이든 허파에만 바람 들게 할 뿐 아닌가 보다. 흔한 감상에 젖게 하는 계절이니 말이다.

이미 가을이 언제부터였는데, 가을의 끝자락에 서서 무슨 정신으로 '가을이 오면'을 뇌고 있었을까? 스스로도 모를 일이다. 해마다 이맘때면 친지 한 분이 태워다주는 '은비령'을 돌고서야, 익숙해진 집콕 생각이 났다. 잠깐 사이 되돌아가는 짬에 한마디 읊었다. "나이 차곤 넉넉한 회상/ 즐긴다/ 튀던 활력 높낮이로/ 가늠하고/ 명줄 하나 세월의 길이로/ 셈하다 보면/ 스쳐 간 희로애락 다/ 무지개 빛살의 율동이었다/ 인생 참/ 따로 없을 단막극이구나(「단막극」)"

***

　지금 자기의 인생만 볼 때가 아님은 물론이다. 그건 이기적인 사유이고, 이기적인 사유는 사치이자 배타적인 태도라 할 수 있기 때문이다. 해서랄까? 두리번거리듯 오늘날의 세태를 살핀다.

　둔감한 사람이지만 남북의 대치상태가 점차 긴장을 높이는 데다가, 전쟁이 벌어지고 있는 서녘 세계가 떠오른다. 언론들이 전해오는 참혹한 상황이 남의 일에서 그치지 않는 것만 같다. 6·25 참상을 겪은 세대라서 더욱 그럴지도 모르겠다.

　날이 어두운 뒤에야 귀가했다. 떠오른 상념이랄까. 붓 가는 대로 신중히 적느라 적은 것이 하나 기억난다. "어둠 스치는 달빛/ 마른 나뭇가지에 걸렸다/ 산사(山寺) 조촐한 품위로/ 풍경 울림 없이/ 밤을 누빈다/ 참선 외길에 생애 바친 스님/ …/인생무상 걷어낼 간화선 차례다만/ 줄곧 대뜰 밖을 서성인다/ 아 하늘 저편/ 땅 빼앗기 탐욕들의 아비규환/ 지옥문 부수는 참상/ 떠올라서다/ 버릇처럼 부처님

찾아뵈려니/ 웬일인가/ 띄질 않으신다/ 고민 고민
끝에 해탈 다시 하러 떠나셨나/ 어디서 천지신명과
숙의 중이신가(「산사의 밤」)"

아 누구도 속 시원하게 해결하기 어려운 세태를
비유하느라 부처님까지 언급한 것이 참 불경스런 일
이다. 그런 줄 알면서도 인간과 인생을 누구보다 달
관하였을 사람을 찾으려니 이리된 것이다. 양찰하실
줄 믿는다. 이어진 현실 문제로 다룬 『성난 바다』를
읽는 분이라면 그분이 스님이더라도 저의 지나친 언
사를 공감할 줄 믿는다.

이래저래 누구나 인생 고독을 절감하게 된다. 수
도승 같은 분들이야 다르겠지만, 부처님을 마구 원
용한 대신 그가 이룬 해탈의 경지를 읊어보았다.
"홀로 왔다 가는 인생/ 그림자처럼 따르는 게/ 고독
이지만/ 뭐든 만나면/ 친구삼는 마음이어서/ 고독
도 외톨 아니거니(「고독」)"라는 거다.

수도자가 아닌 이 범인은 여전히 속세의 풍경이나

읊으련다. "여전히 하─얗기만 한 눈/ 엉겁결에 떠나 보낸/ 첫사랑 아닌가/ 단풍 무르익던/ 가을 꿈 못 잊는/ 낙엽의 추억일 수도/ …/ 욕망과 분노 다 허공에 던지고/ 삭풍 맷돌 삼아 부순/ 냉엄한 세월의 흩날림이라면/ 다가올 봄/ 대지의 온기로 싹틔울/ 기찬 씨앗들 아닌가/ 다시 보마 세월아(「첫눈이 내린다」)"

첫눈을 맞은 뒤로 그 하─얀 마음을 추스르러 필자는 집콕에서 방콕의 날들을 보냈다. 한 것이라고는 창문 밖을 내다보면서 오르지 못할 '산행'을 그렸다. 그리곤 몸에 익은 전공의식을 되돌려 '말씨로 하는 철학'을 정리한 기억이 생생하다. 이젠 독자들의 다정한 반응, 그 귀한 약손을 기다릴 참이다.